예술에도, 삶에도 진정한 의미를 부여하는 색깔은 오직 하나이다.
그것은 사랑의 색이다.

– 마르크 샤갈

색깔혁명

The Color Revolution

초판 1쇄 발행 2019년 3월 16일

글 홍순영 **그림** 전병현

펴낸곳 도서출판 가쎄 [제 302-2005-00062호]
주소 서울 용산구 이촌로 224, 609
전화 070. 7553. 1783 / **팩스** 02. 749. 6911
ISBN 978-89-93489-81-1

값 18,000원

홈페이지 www.gasse.co.kr
이메일 berlin@gasse.co.kr

색깔혁명
The Color Revolution

글 **홍순영** 그림 **전병현**

gasse • 가세

엄마는 찰리에게 앨범을 보여주며 여러 가지 이야기를 들려주고 있었어요. 엄마의 어린 시절 이야기, 엄마와 아빠가 만났던 공장 이야기, 그리고 찰리가 아기였을 때의 이야기까지 들려주었어요. 앨범의 마지막 장을 펼쳤을 때, 거기에 한 소년과 소녀가 뻣뻣이 서 있는 흑백사진 한 장이 있었어요. 그 사진 아래에는 할아버지와 할머니의 이름이 적혀있었지요. 찰리는 엄마에게 물었어요.

"엄마, 왜 할아버지 할머니 때는 세상이 흑백이었어요?"
찰리의 질문에 엄마는 미소를 머금은 채 말했습니다.
"찰리, 이번 이야기만 듣고 자는 거다?"
찰리는 이야기를 들을 생각에 마음이 들떴습니다. 찰리가 이불 속으로 쏙 들어가자 엄마는 이야기를 시작했습니다.

시간이 시작되는 날부터 오롯 황제는 빛으로 세상을 다스렸어요. 하늘에서 내리는 강한 빛줄기가 오롯의 무지개 왕관에 닿는 날이면 왕관에 달린 일곱 뿔이 각각 빨강, 주황, 노랑, 초록, 파랑, 남색, 보라색으로 빛나며 백성들을 향해 다시 무지갯빛을 흘려보냈어요.

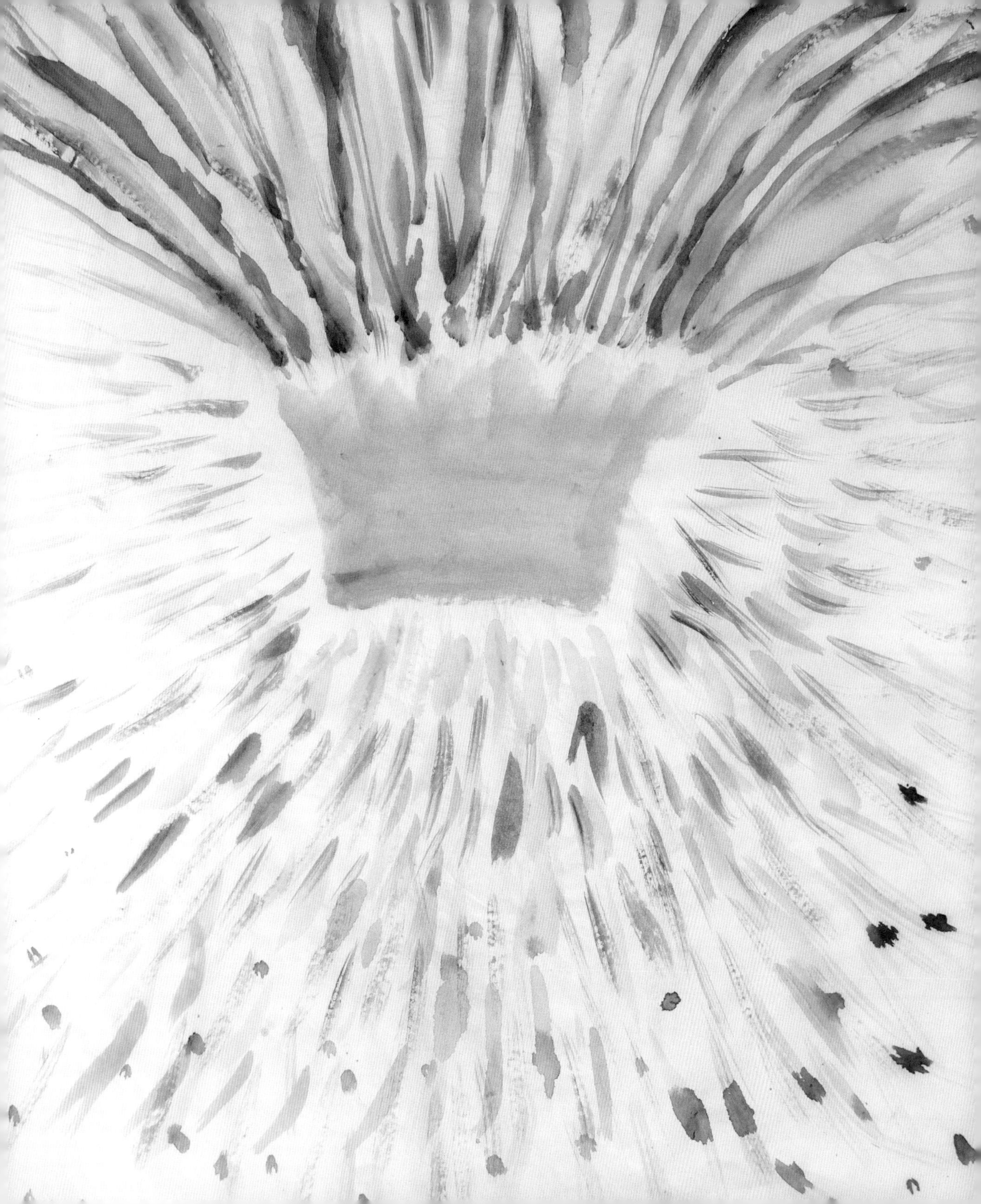

그럴 때마다 백성들의 마음도 일곱 빛깔의 힘을 받아 다채롭게 빛났지요.
그렇게 오롯의 왕국은 빛의 통치 아래 더욱 번성했어요.

그런데 아무도 오롯 황제의 이복동생인 흑백의 타마가 왕국을 빼앗으려는 계획을 꾸미고 있다는 사실을 몰랐어요. 어렸을 때부터 다채로운 색깔을 가진 오롯과 비교당하며 색깔이 없다고 놀림을 받았던 타마는 언젠가부터 이런 생각을 하게 되었어요.

"색깔 중에 가장 밝은 하양과 가장 어두운 검정을 가진 나는 그 누구보다 밝고, 그 누구보다 어두우니, 색깔의 시작과 끝 아닌가? 그렇다면 나 말고 이 세상에 다른 색깔들이 왜 필요한 거지?

그는 왕궁으로부터 멀리 떨어진 휴화산을 매일 들락거리며 색깔 삭제 병사들을 훈련시키고 있었습니다. 흑백으로 태어난 색깔 삭제 병사들은 날마다 왜 흑백 외에 다른 색깔이 필요 없는지 배우며 색깔을 빨아들이는 진공청소기 공격법을 몇 년간이나 연마했습니다. 힘이 세진 흑백 병사들은 타마의 공격 명령만을 기다리고 있었습니다

흑백구름이 가득한 어느 날, 타마는 공격 명령을 내렸어요. 수많은 타마의 병사들이 휴화산 분화구 밖으로 쏟아져 나와 왕궁과 마을을 공격하기 시작했어요.

하루가 채 지나기도 전에 강력한 흡입력을 지닌 흑백 삭제 병사들의 진공 청소기가 모든 색깔을 빨아들였고, 그들이 등에 진 진공 탱크는 다양한 색깔로 가득 찼어요.

타마의 병사들이 빨아들인 다양한 색깔들은 흑백의 거울통 안에 부어졌어요. 하지만 오롯 황제의 색깔은 진공청소기로 빨아들일 수 없을 정도로 강렬했기 때문에 군주가 된 타마는 망설이지 않고 오롯 황제를 휴화산 안에 있는 프리즘 감옥에 가뒀지요. 흑백 병사들이 오롯 황제를 감시하며 감옥을 지켰어요.
"오롯의 무지개 왕관도 빛이 없는 휴화산 안에서는 아무런 힘이 없을 것이다."
타마는 매우 만족해하며 흑백으로 변한 세상을 바라보았어요. 그렇게 새로운 흑백의 시대가 시작되었답니다.

흑백 왕국이 견고히 세워진 후 타마는 종종 뱀 모양이 새겨진 네 개의 기둥이 떠받치고 있는 흑백의 거울통을 보러 왕궁의 옥탑방으로 올라갔어요. 옥탑방은 동서남북으로 창이 나 있었고, 거울통은 그 창들을 통해 밖을 바라보고 있었지요.

"오, 흑백 거울아."

군주는 늘 거울에 비친 자신의 흑백 모습을 뽐내며 거울을 불렀답니다.
"누가 흑 중의 흑이고 백 중의 백이냐?"

그러면 거울은 이렇게 대답했지요.
“바로 폐하이십니다. 바깥세상이 흑과 백인 이상, 이 세상은 폐하의 것입니다.”

그 말을 들은 거울 속 타마의 검은 눈꼬리와 입꼬리는 더욱 위로 올라갔습니다.

하지만 타마는 군주가 되고 나서도 마음이 놓이지 않았어요. 왕궁 벽이 무지개로 덮이는 악몽을 꿀 때면 식은땀을 흘리면서 잠에서 깼고, 음식을 먹을 때도 색깔을 본 듯한 착각이 들면 바로 포크를 내려놓았어요. 심지어 자기 몸에 색깔 반점들이 생기는 듯한 착각마저 들자 타마는 색깔 공포증에 시달리기 시작했어요.

어느 날 밤 색깔 악몽에 시달리다가 잠이 깬 타마는 신하들을 급히 불러 절대로 흑백 외의 색이 나타나지 못하게 하는 방법을 찾아내라고 명령했어요. 백지장처럼 창백해진 얼굴에 검은 식은땀이 송골송골 맺혀있는 타마의 얼굴을 본 신하들은 색깔이 나타나지 않게 할 방법을 연구하기 시작했어요. 신하들은 여러 번의 실험 끝에 색깔을 불러오는 위험 요소들을 발견했고 이를 타마에게 보고했어요. 며칠 후 다음과 같은 법령이 나라 전체에 공포되었어요.

1. 하루에 열 문장 이상 말하지 말 것.
2. 감정을 자극할 수 있는 말들을 쓰지 말 것(금지 언어 목록은 시내 광장에 게시되어 있으니 참고할 것).

3. 늘 무표정으로 다닐 것.

4. 모든 일은 혼자 할 것(병사들만 제외).

사람들은 공포된 법을 철저히 지켰어요. 왜냐하면 길거리마다 흑과 백의 병사들이 서서 사람들의 모든 말과 표정을 하나하나 지켜보고 있었거든요.

그러던 어느 날, 하얀 사과를 사러 시장으로 걸어가던 한 소녀와 검은 바나나를 사러 나온 한 소년이 과일 가게 앞에서 마주쳤어요. 둘은 학교에서 짝꿍으로 지낸 친구였지만 법이 공포된 이후 한동안 말을 나누지 못했던 터였어요.

수줍은 소녀의 얼굴은
소녀의 말똥말똥한 눈을 보자
금세 붉은색으로 변했어요.

옆에 서 있던 병사가 백색 경고를 주었지만 상황은 악화될 뿐이었어요. 왜냐하면 병사가 가까이 다가올수록 소녀는 무서움에 떨며 얼굴이 순식간에 파랗게 질렸거든요.

덩달아 겁에 질린 소년도 얼굴이 새파랗게 변했어요.

병사들은 흑색 경고를 주어도 소년과 소녀의 얼굴색이 사라지지 않자 그들을 타마가 있는 성으로 끌고 갔어요.

병사들은 왕궁에 도착한 소년과 소녀를 높다란 흑색 왕좌에 앉아 있는 타마 군주 앞에 세웠어요.
"누가 색깔 혁명을 일으켰느냐?"
군주가 날카로운 목소리로 소리쳤어요.
병사들은 아직도 새파랗게 겁에 질려 있던 소녀를 가리켰어요.
"오 흑백의 자녀여, 그대는 왜 이 세상의 법을 어겼는가?"
소녀는 더욱 파랗게 질린 채 말을 하지 못했어요.
타마는 소녀의 침묵에 은근히 화가 났지만 이내 마음을 가다듬고 냉정하게 다시 물었어요.
"오 흑백의 자녀여, 그대는 왜 이 세상의 법을 어겼는가?"
그때 소녀가 드디어 입을 열었습니다.
"소, 소년이……."
소녀의 말을 듣기 위해 모두 쥐 죽은 듯이 조용했어요.

사실 소녀는 '귀여운'이라는 단어로 말을 시작하고 싶었어요. 하지만 그 말은 금지 언어 목록에 포함돼 있었기에 군주 앞에서는 더더욱 쓰지 말아야 할 말이었지요. 소녀는 말을 잇지 못한 채 조용히 서 있었어요. 궁금증에 빠진 타마 군주와 신하들이 빤히 소녀의 얼굴만 쳐다보았어요. 그러자 부끄러움을 느낀 소녀의 얼굴이 핑크빛을 띠기 시작했어요.

"소년이 뭐가 어쨌다는 거냐?"

타마 군주가 짜증 섞인 목소리로 물었습니다.

하지만 소녀는 이미 열 문장을 다 말한지라 더 이상 말을 할 수가 없었어요.

타마 군주는 숨을 깊게 들이쉬며 짜증을 가라앉히려 애를 썼습니다. 순간, 한 병사가 급하게 군주 앞으로 나와 소녀를 대신해 대답했어요.

"소녀가 소년을 보고 나서 얼굴이 붉어진 듯합니다, 폐하."

병사의 말을 듣자마자 군주는 눈썹을 추켜세우고는 기다란 봉으로 소녀을 겨누었습니다.

"오 흑백의 자녀여, 그대는 왜 소녀에게 색깔을 넣었는가?"

소년은 뭐라 말을 해야 할지 몰라 입을 꾹 다문 채 긴장된 눈동자로 바닥을 이리저리 살폈어요. 다시 한 번, 올라오는 짜증을 누르고 군주는 소년에게 물었어요.

"다시 한 번 묻겠다. 흑백의 자녀여, 그대는 왜 소녀의 얼굴에 색깔을 넣었는가?"

당황한 소년은 어쩔 줄 몰라 했습니다. 급기야 소년의 얼굴이 보라색으로 변하기 시작했어요.

"저, 저는 아무것도 하지 않았습니다. 제가 한 건 그저 소녀를 본 것뿐이에요!"

소년의 얼굴은 보라색 그 자체가 되었습니다.

"너희들도 이 말을 들었으렷다!"
타마 군주가 고래고래 소리쳤습니다.

"흑백의 소녀가 저 소년을 쳐다본 것만으로도 색깔에 감염되었다는 것을! 그렇다면 바로 저 소년이 색깔 혁명을 시작한 자다! 저놈의 목을 당장 매달아라!"

하지만 그것은 지혜로운 결정이 아니었어요. 왜냐하면 그 순간 궁궐 전체가 색깔로 뒤덮였기 때문이지요. 충격을 받은 사람들, 슬픔에 젖은 사람들, 혼란에 빠진 사람들, 그리고 군주에 대해 화가 난 사람들의 얼굴이 각기 다른 색으로 변했어요. 소녀는 더욱 충격에 빠져 온몸이 파란색으로 변했습니다.

그때 한 병사가 타마 군주의 앞으로 나아갔습니다.
"폐하, 교수형은 어린 소년에게 과한 벌이라고 생각되옵니다."
이 말을 들은 타마 군주는 더욱 펄쩍 뛰었습니다.
"그게 무슨 말이냐? 저놈이 소녀에게 색깔을 갖게 했고 지금 궁궐을 이 모양으로 만든 장본인이란 말이다!"
"하, 하지만 폐하……."

불같은 분노에 사로잡힌 군주는 괴성을 지르더니 다시 한 번 명령을 내렸어요. "명령이다. 지금 당장 저 소년을 잡아 매달아라!"

그러나 병사들은 섣불리 행동하지 못했어요. 왜냐하면 지금 타마 군주의 얼굴이 누구보다 빨갛게 변해 있었기 때문이지요.

사람들이 군주의 빨개진 얼굴을 보자 어떤 이들은 초록색을 띠며 어지러워했으며, 또 어떤 이들은 노란색을 띠며 키득키득 웃었어요. 또 다른 누군가는 군주가 흑백의 힘을 잃어버리는 것을 슬퍼하며 얼굴빛이 적갈색으로 물들었습니다.

다양한 색깔로 뒤덮인 궁궐을 둘러보며 얼굴색이 새빨갛게 변한 타마 군주는 자신의 상태를 전혀 모른 채 목에 핏대를 세우며 고함을 쳤어요.
"더 이상의 색깔은 안 돼! 더 이상의 색깔은 안 돼! 더 이상의 색깔은 안 돼! 으악!"
하지만 이미 늦은 뒤였습니다. 타마 군주를 포함해서 성 안에 있는 모든 이들의 얼굴이 갖가지 색으로 뒤덮인 후였으니까요. 궁궐 벽이 흔들리기 시작할 때 비로소 타마 군주는 자신이 힘을 잃고 있다는 것을 깨달았어요.

잠시 후 성벽뿐 아니라 바닥도 심하게 흔들리기 시작하자 성 안의 사람들이 더욱 동요하기 시작했어요.

그 순간, 누군가가 외쳤어요.

"휴화산이 깨어나기 시작했다. 어서 도망가자!"

그 순간 어두운 화산의 분화구 안으로 햇볕이 강하게 내리쬐었어요.

사람들은 성 밖으로 황급히 뛰쳐나가기 시작했어요. 타마 군주는 흑백 거울통이 색깔로 뒤덮인 사람들의 얼굴을 볼까 봐 헐레벌떡 옥탑방으로 올라갔어요.

"오, 거울아, 내가 아끼는 거울아!"

타마 군주가 옥탑방으로 뛰어 들어가면서 소리쳤어요.

하지만 '누가 흑 중의 흑이고 백 중의 백이냐?'라고 묻기도 전에 거울에 비친 자신의 새빨간 얼굴을 본 타마 군주는 그만 다리에 힘이 풀려 버렸어요.

거울 앞에 주저앉은 채 훌쩍거리며 울기 시작한 그의 얼굴은 이제 빨간색 뿐만 아니라 짙푸른 슬픔의 색도 섞이기 시작했어요. 피부 곳곳에 보라색 반점들도 생겨나기 시작했어요.

"오, 거울아, 내 얼굴에 색깔이 나타난 것을 용서해다오. 제발!"
하지만 거울은 낮고 단호한 목소리로 대답했어요.
"내 눈앞에서 당장 색을 치우거라! 색을 띤 너의 얼굴을 보기가 심히 불쾌하구나."
색깔이 드러난 사람들이 성 밖으로 뛰쳐나가는 것을 보며 거울이 차갑게 말했습니다.

"오, 거울아, 한 번만 나를 용서해다오!"
하지만 타마의 말이 채 끝나기도 전에 모든 색깔을 담아둔 거울통에 금이 가기 시작했습니다.
잠시 후 와장창하고 거울통이 깨져버렸고 색깔 물은 넘쳐흐르기 시작했어요.

휘몰아치는 색깔 물결에 휩쓸려 타마 군주가 떠내려갔고 성문마저 무너져 내렸어요.

이윽고 색색의 색깔 물은 언덕과 길거리를 지나 멀리 프리즘 감옥이 있는 휴화산 밑자락까지 닿았습니다.

—

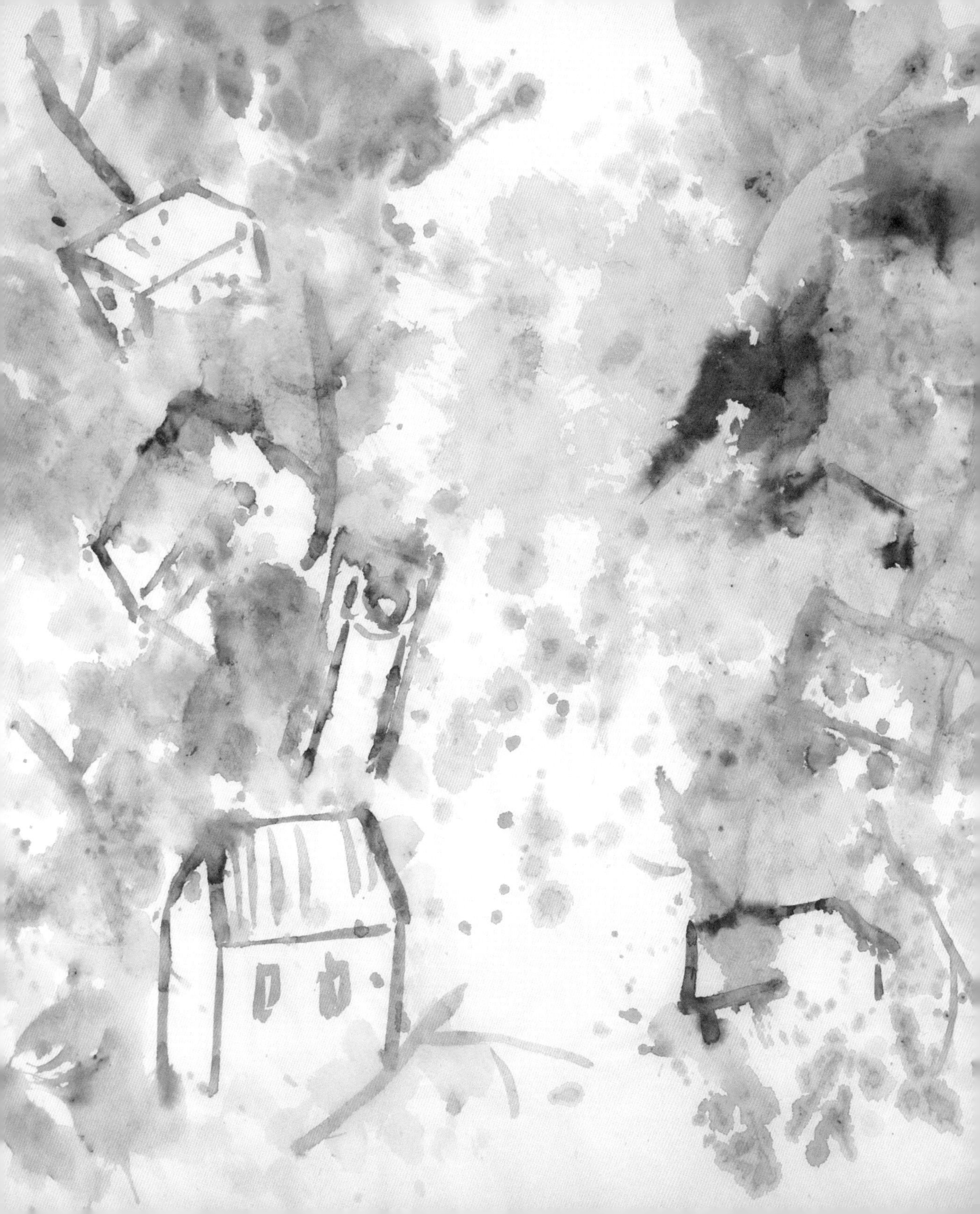

온 몸이 색깔 범벅이 된 타마는 지금까지 보지 못한 눈부신 광경을 목격했어요.

처음에는 빨강과 노랑, 파랑의 빛줄기들이 휴화산의 분화구 밖으로 번쩍이더니, 수많은 무지개들이 분수처럼 폭발해 나오기 시작했어요.

무지개들은 흑백의 사람들 위로 쏟아졌습니다. 사람들이 색깔을 되찾으면서 무지개들은 하나씩 사라졌어요.

마지막으로 작은 무지개 하나가 곡선을 그리며 타마의 머리 위에 머물렀습니다. 따뜻한 무지갯빛이 타마의 이마를 비추자 그에게 묻어있던 색깔 범벅은 씻겨 내려가고 그의 흑백 피부가 또렷이 드러났습니다.

무지개가 사라지자 휘황찬란한 무지개 왕관을 쓴 오롯 황제가 그의 앞에 나타났습니다.

타마는 오롯 황제를 보고 자기도 모르게 고개가 숙여졌습니다.
"타마, 고개를 들라. 짐은 그대를 해칠 생각이 없노라."

한참 후에 고개를 든 타마의 한쪽 눈에서는 검은 눈물이 다른 한쪽 눈에서는 하얀 눈물이 흘러내리고 있었습니다. 두 줄기의 눈물은 입술에서 합쳐져 회색의 눈물방울로 땅에 떨어졌습니다.

"저의 색깔을 제거해주십시오. 왕이시여, 저는 폐하를 향해 크나큰 죄를 지었나이다."
다시 고개 떨군 타마가 말을 할 때마다 눈물이 땅에 떨어졌습니다.

오롯 황제는 그를 없앨 생각이 없었습니다. 그는 오히려 타마의 눈물을 닦아주었습니다. 오색빛깔의 그의 손가락은 이제 흑과 백까지 섞여 더욱 다채롭게 빛났습니다.

"흑백이 이 세상에 없으면 낮과 밤이 어떻게 존재하겠으며, 펭귄과 얼룩말, 까치와 범고래가 어떻게 빙하와 들판, 하늘과 물을 지키겠는가? 그대의 자리를 지켜주길 바라오. 그대가 가장 빛나는 곳에서 말이네."
고개를 든 타마의 얼굴에는 더 이상 눈물이 흐르지 않았습니다. 그의 피부는 그 어느 때보다 하얬으며 그의 눈매는 그 어느 때보다 검고 굵은 선으로 의연했습니다.

얼마 지나지 않아 모든 색깔은 제자리를 찾아갔고 왕궁은 다시 다채로운 빛깔의 가구들로 꾸며졌습니다. 오롯 황제는 자신의 왕좌에 앉아서 색깔별로 신하를 임명했습니다. 타마도 자기가 가진 흑과 백을 모두 나눠주었어요. 그렇게 해서 옅은 초록, 짙은 초록처럼 더욱더 다양한 색깔들이 탄생하게 되었답니다. 그럴 때마다 타마는 누구보다 기뻤어요. 타마는 잠시 왕좌에 앉아 있을 때보다 훨씬 더 행복하게 살았습니다.

“이렇게 해서 우리 세상이 색깔을 다시 찾은 거란다.”
엄마가 색깔 이야기를 마무리했습니다. 그런데 이야기에 푹 빠져 있던 찰리의 눈은 처음 이야기를 시작할 때보다 더 또렷해져 있었지 뭐예요.
게다가 질문이 또 생긴 모양입니다.
“근데 할아버지랑 할머니는요? 할아버지랑 할머니도 그 이야기가 벌어질 때 계셨나요?”

"그럼, 그렇고말고."

엄마는 찰리의 머리를 쓰다듬으며 말했어요.

"할아버지와 할머니가 이야기에 등장한 그 소년과 소녀란다."

"그럼 할아버지 할머니가 색깔 혁명을 일으킨 거네요?"

찰리가 더없이 신난 목소리로 물었습니다.

"그런 셈이지."

엄마가 찰리를 사랑스러운 눈으로 바라보며 말했습니다.

"우리 찰리, 오늘 밤 아주 다채로운 꿈을 꿀지도 모르겠네?"

엄마가 찰리의 이마에 입을 맞추자 찰리의 눈이 감기며 온갖 색깔이 찰리의 잠 속으로 스며들기 시작했습니다.

The Color Revolution

written by David Hong

"In our life there is a single colour, as on an artist's palette, which provides the meaning of life and art. It is the colour of love."

Marc Chagall

Once upon a night in Charlie's bedroom, a most extraordinary question was born. You see, that night Charlie's mother Susan was telling him all sorts of stories while showing him the family album. As they flipped through the pages together, mother's voice narrated the stories of when she was young, how she met Charlie's father at the canned tuna factory, and how Charlie used to act as the tiny baby happily cradled in the 4 by 6. But when his mother turned to the last page, showing a picture of his grandparents of when they were young, the fact that the picture was in black and white fascinated Charlie more than anything else.

"Mom," Charlie started.
"Why was the world black and white in grandpa and grandma's day?"

Charlie's mother gave him a smile she usually makes when Charlie asks a special question.

“Well, Charlie, it’s nearing your bed time, so how about I tell you while you tuck into bed?” Mother said as she looked at the clock pointing 11:30 pm.

Charlie knew it was going to be another story night. Quickly slipping into his pajamas, Charlie planted himself firmly beneath his blankets. So his mother began:

From the moment the clock of the cosmos started ticking, the wise Emperor Orot began to rule the world with light. On days the sunlight would powerfully shower down on Orot’s color crown, its 7 spikes of red, orange, yellow, green, blue, indigo and violet would shimmer as they sent rainbow rays towards the people. This was how the small rainbows inside every person’s heart glimmered with glory. During Orot’s reign, all villages flourished under his light.

But while the colorful kingdom was burgeoning in all its

brilliance, nobody, not even the doves of day nor nightingales of night, were aware that Tama of black and white, the stepbrother of Emperor Orot, was brewing an evil plan to take over the kingdom. Having been compared to his colorful stepbrother all his life, Tama dreamed of a day when all colors would submit to his black and white rule. He reminded himself daily, "My white is brightest and black darkest of all colors- what need is there for all others?"

In fact, his plans were already underway as he would daily enter a silent volcano located far away from the castle to train an army called the color suckers. These soldiers, also born black and white, were taught why any other color was unnecessary and had practiced wielding their color sucking vacuums for years. Having grown stern and strong under the volcano's shadows, their eyes vigilantly awaited Tama's cue, ready to attack any moment now.

Then one dark and cloudy day, Tama's signal was given. Hundreds upon hundreds of color suckers exploded out of the volcano's top at once, storming into the castle and taking villages by surprise. Within a matter of hours their vacuums voraciously sucked up all the colors in view and their tanks grew heavy with color water. All the colors sucked up were poured into a cursed, cubical mirror that overlooked the city. As for Emperor Orot, who was too powerfully colorful to be sucked of his colors, he was brought to his knees and had to fall prostrate before the new ruler, Monarch Tama. He was given no mercy and was locked up in the prison of Prism within the silent volcano, warily watched by dozens of black and white soldiers.

"Orot's color crown will be useless as long as he stays in the dark," Tama gleefully muttered as he took a view of the black and white landscape, without a single drop of any other color in sight. Thus went the age of color and light, and came the age of black and white.

His kingdom firmly established, Tama would often visit the uppermost chamber of the castle where the black and white mirror stood on its four snake-shaped legs. Its four mirror facets looked towards the four windows of the chamber, each showing the north, south, east and west side of the kingdom.

"Oh mirror, mirror," the monarch would begin, glorying in his black and white reflection.
"Who is the blackest of the black and the whitest of the white?"
Then the mirror would reply, "It is you, sire. And as long as the kingdom stays black and white, your reign as monarch will last."
Hearing this, the black tips of Tama's eyes and lips would bend into a most satisfactory curve.

But even as monarch, Tama didn't feel fully secure. He would wake up in cold sweat when he dreamt colorful dreams and he would stop eating when he thought he saw color in his food. Even worse, he thought he saw spots of color cropping up here and there on his own body. He was developing color paranoia, and he couldn't take it anymore.

Waking up from another of his colorful nightmares, the monarch called for all his vassals and commanded them to find a way to make sure color doesn't appear, ever. Noticing the black beads of sweat hanging against his pale, panic-stricken face, the vassals immediately began researching how to keep color away from the kingdom for good. Discoveries of dangerous factors that could arouse color were reported to the king, soon after which the following laws were decreed to all the people in the land:

1. You may not speak more than 10 sentences a day. That is enough to say all the things you need to say.
2. You may not use words that are especially liable to arouse feelings. See the bulletin in the square for the list of forbidden words.
3. Keep a stern face at all times. Any funny faces will be sketched

on the spot and directly reported to the Monarch.
4. Unless it is necessary, do all things alone.

These laws were closely observed by all people, for fear of getting caught by the watchful black and white guards, positioned along the streets.

But one black and white day, a girl who was on her way to the market to buy some white apples ran into a boy who was sent on an errand to buy a bunch of black bananas. Once partners in school, even friends, they had hardly talked to each other after the law was announced. Meeting the boy's starry eyes, the girl couldn't help but to blush. The soldier standing nearby the girl gave her a white warning, but that just made it worse, because then the girl was startled and quickly turned blue. This in turn frightened the boy, who turned blue as well. As even a black warning couldn't suppress their color, several soldiers surrounded them within seconds and took them to Tama's castle.

Arriving at the great court, the boy and the girl both stood before the monarch, who was sitting on his lofty black throne.

"Which of these has dared to start the color revolution?" The monarch snapped.

The guards pointed to the girl, who was still blue with fear.

"Why have you broken the rules of this world, oh little child of black and white?"

The girl's lips kept firmly shut with fear, turning blue all the more. The monarch, although irritated by this insulting silence, tried to control his temper, and asked her again in a cold voice.

"Why, oh little child of black and white, have you broken the rules of this world?"

The girl finally opened her mouth.

"T-the b-boy was···"

The court grew silent to hear her last word. But the word the girl had in mind was "cute," which was listed as one of the forbidden words, so was not to be used anywhere, especially before the monarch. So the girl just stood silent, now turning a little pink with embarrassment as everyone was staring at her.

"The boy was what?" The monarch impatiently asked.

But by now the girl had already spoken ten sentences, including the nine sentences she had spoken at home. So she couldn't answer the monarch at all. The monarch took in a deep breath as he tried to cool himself down from bubbling frustration. A guard promptly stepped forward to answer on behalf of the girl.

"It seems that the girl blushed before the boy, sir."

The monarch then lifted his eyebrows and pointed his long scepter towards the boy.

"Why have you put colors into the young girl, oh little boy of black and white?"

The boy didn't know what to say, so he stayed silent, his nervous eyes searching about the floor. Once again, in barely restrained vexation, the monarch asked the boy.

"I ask thee once again. Why, oh child of black and white, have you put colors into her face?"

The boy clumsily grabbed his forehead and shook it in frustration. His face was turning purple.

"I, I didn't. All I did was... stare at her!" His face was now as purple as an eggplant.

"Did all ye of the court hear that!" The monarch yelled.
"The poor girl of white and black was stained with color just by looking at the boy! Then he, he is the one who started the color revolution! Seize him and hang his cursed soul!"

This was not a wise choice, however, because soon the whole court was infected with color, some shocked, some sad, some confused, and some just plain angry at the monarch. And the girl was so shocked that now her whole body turned blue.

A guard standing nearby approached the monarch's throne to plead the boy's innocence.

"But sire, that is a bit too harsh for the little boy. He hasn't any fault."

The monarch was startled by this statement.

"What do you mean he hasn't any fault?! He is the one who started colors! He is the reason the girl became colorful, and also for all these colors in the court!"

"B-But sire···"

"Aarrgh!! I tell you, seize the little boy RIGHT THIS MOMENT!"

But the soldiers were frozen with shock, for by this point the monarch's red face was more colorful than anyone else's in the court.

Surprised to see the monarch having turned colorful for the first time, some started giggling in yellow, some started feeling a bit sick in green, and some started showing sadness in maroon that the monarch was losing his black and white power.

Seeing this, but not aware of his own colorful condition, the monarch became so red with rage that he yelled at the top of his voice, "NO MORE COLORS! NO MORE COLORS! NO MORE COLORS! ARRRGGHHH!"

But it was too late. Everyone in the castle, including the monarch, was colorful by now. Only when the court's walls began to shake did the black and white monarch realize he was losing his power.

As the floors began to tremble wildly as well, someone shouted, "The silent volcano has awoke! Let's run before the castle collapses on us!"

That moment, a pillar of light was beaming down into the volcano's crater.

Afraid that the stone walls would collapse on them, the people started pouring out of the castle. Fearful that the mirror would catch sight of these colorful people, the monarch ran up the staircase with all the black and white power that was left of him.

"Oh, mirror, dear mirror!" He yelled as he burst into the upper chamber.

But before he could ask, "Who is the blackest of the black and the whitest of the white?", he saw his ridiculously red face in the reflection and fell down on his knees in despair.

He began to sob, as some blue of sadness began to mix with the red, even adding tinges of purple here and there.

"Oh, mirror, forgive me for becoming colorful. Please."

But the mirror replied with a sharp and stern voice.

"Clear the color out of my sight! I do not wish to see your colorfulness, for it is greatly displeasing," the mirror coldly said as more people in colors were shown running down the castle hill.

Then the mirror, filled with all the lost colors of the world, began to crack, and in a second, burst into pieces! Soon the color liquid began filling the chamber, sweeping Tama off his feet. It then knocked down the chamber door, poured down the staircases, and made its way out the castle gates, coloring the hill which the castle stood upon, then reached the streets, houses, plants, trees and people.

And finally, the color current reached the foot of the volcano. Soaked in color water, Tama looked up as he witnessed a spectacle that almost blinded his very eyes.

At first, flashes of red, yellow and blue flared out of the crater, then numerous rainbows began to explode like a fountain. All the rainbows each fell upon a black and white person. As soon as the people recovered their colors, the rainbows disappeared, one by one. Finally, one last rainbow drew a colorful curve in the air as it landed on Tama. While its warm spotlight covered Tama, the colors that soaked him washed away, and his black and white self was revealed more clearly than ever before. As the rainbow disappeared, Orot who was radiantly crowned with his rainbow rays appeared before Tama's eyes.

Tama's head bowed before Orot's glorious sight.

"Tama, look at me. I have no intention of harming you."

After a while, when Tama lifted his head, a stream of white tears was flowing from one eye, and a stream of black tears flowing from the other. The two streams combined and fell as grey tears on the ground.

"Please take away my colors. Your Majesty, I-I have wronged you greatly."

Orot however had no intention of harming him. He rather wiped away Tama's tears, as his colorful fingers became even more colorful as Tama's black and white mixed in.

"Without you, how will day and night exist, and how will the penguins, zebras, magpies and orcas keep the world's glaciers, fields, skies and waters? Keep your place in this world, where you shine the most."

When Tama lifted his head again, tears were no longer flowing from his eyes. His skin was whiter than ever, and his eyes dark and dignified.

In a matter of hours, all colors were restored and the castle was fully furnished with colorful furniture. Emperor Orot sat on his throne and appointed vassals from all colors and hues. He did not leave out a single color- not even his black and white stepbrother who rebelled against him. Tama responded to Orot's forgiveness by offering him all of his white and black colors. That is how colors like light green and dark green were born. Every time a new color was born by adding his black or white, Tama was delighted more than anyone else. In fact, Tama lived more happily than when he sat on the throne for a short while.

"And that is how our world finally found colors again," Charlie's mother said as she finished her story. But Charlie's eyes were brighter than when she started it. What's more, it seemed like he had another question.

"But what about grandpa and grandma?" Charlie asked. "Were they part of it?"

"Why, of course, Charlie," his mother replied as she stroked his hair.

"Grandpa and grandma were the boy and girl in the story."

"So they were the ones who started the color revolution!" Charlie exclaimed excitedly.

"Indeed they were," Charlie's mother said as she looked lovingly at him.

"Now go to sleep. Don't you want to fall asleep into a colorful dream?"

As she gave Charlie a good night kiss, a current of colors swirled into his sleep.

-THE END-

The Color Revolution

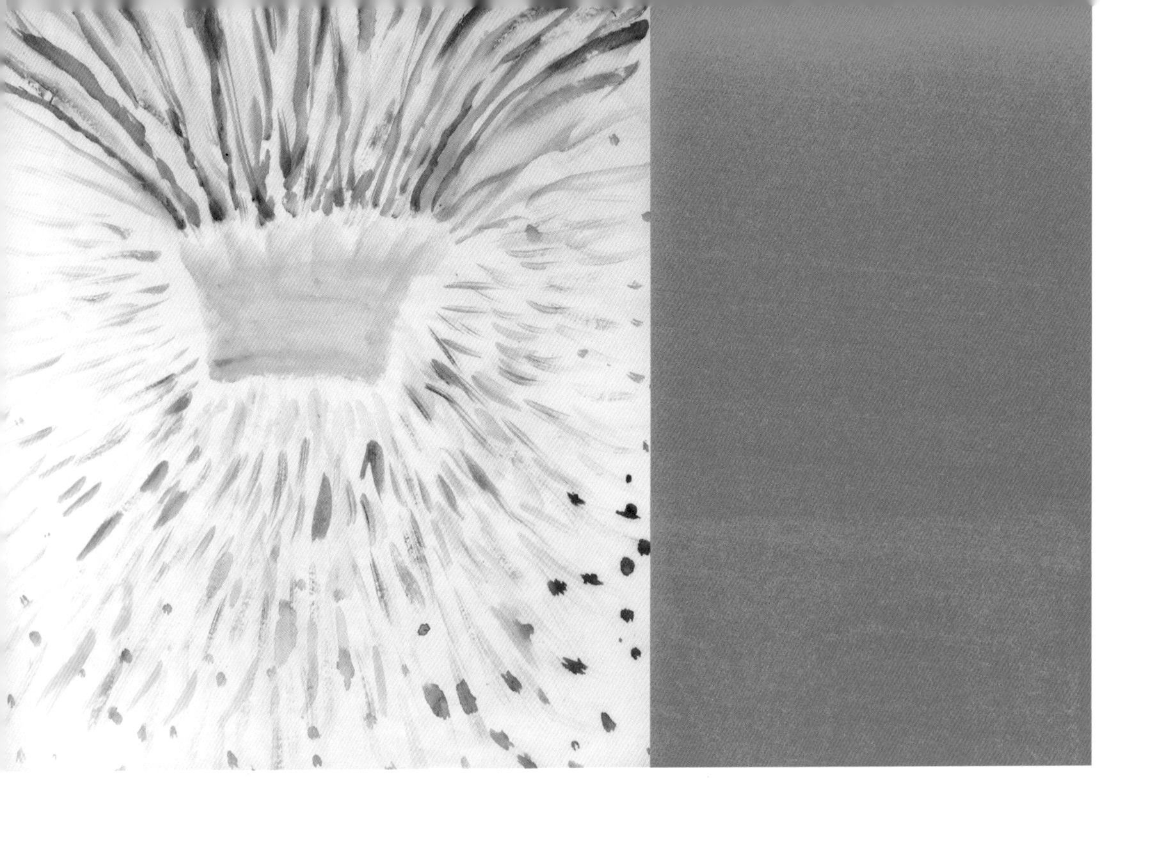

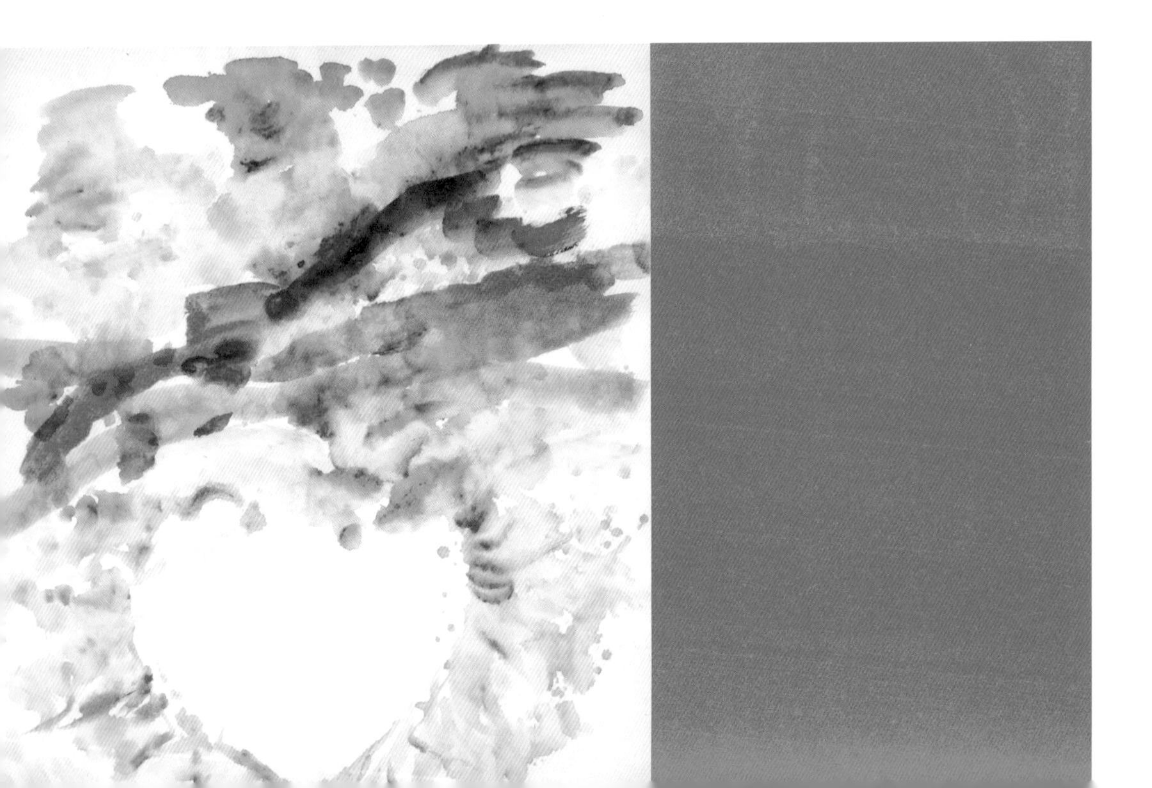

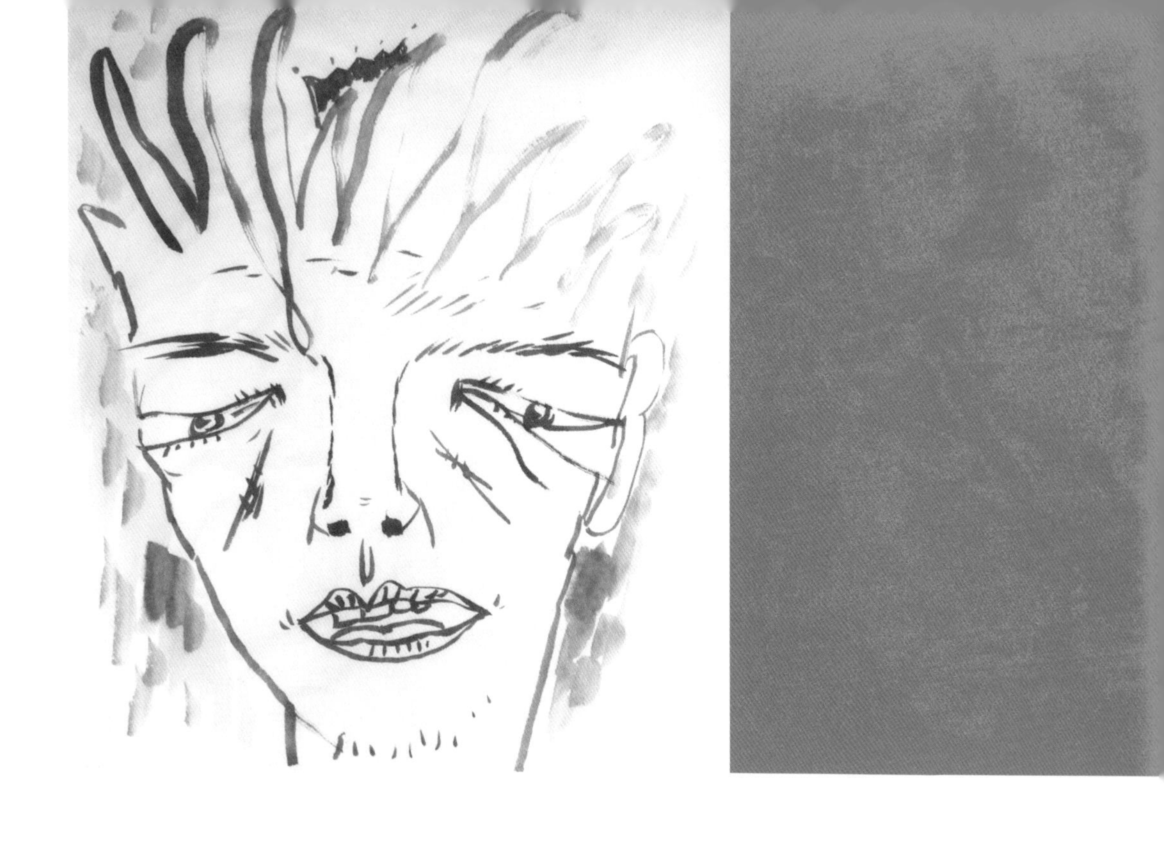

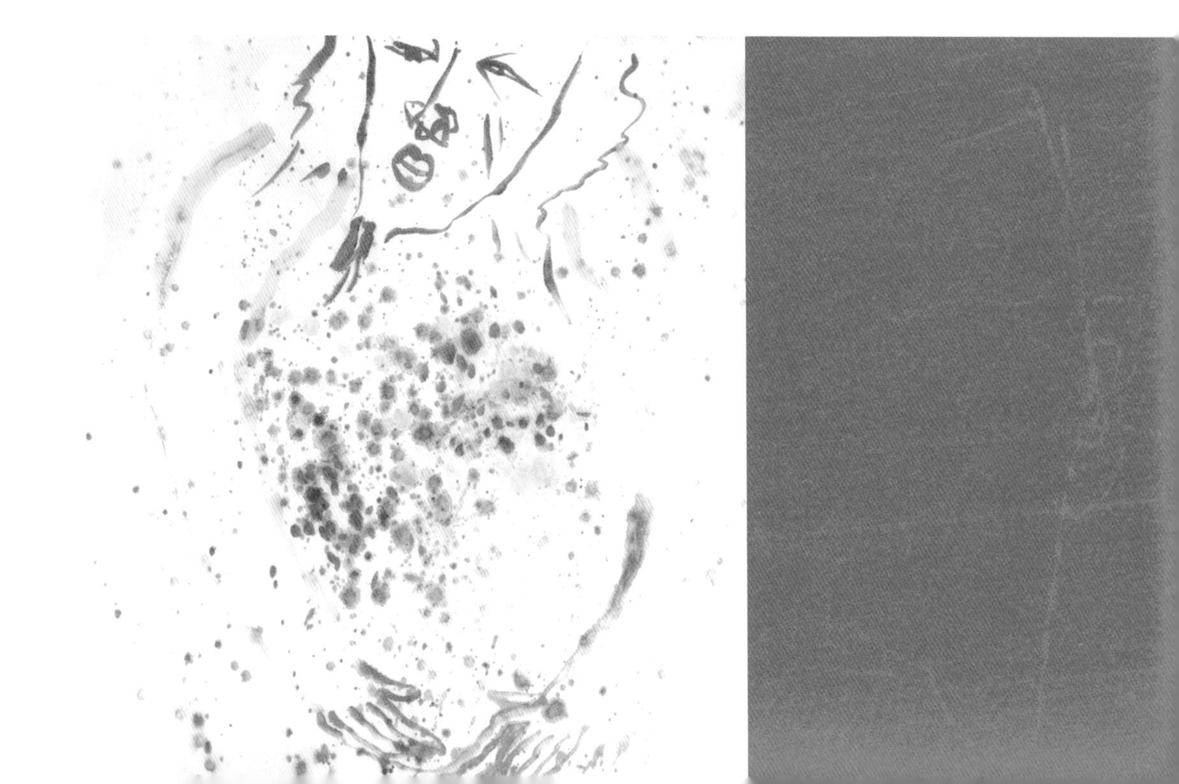

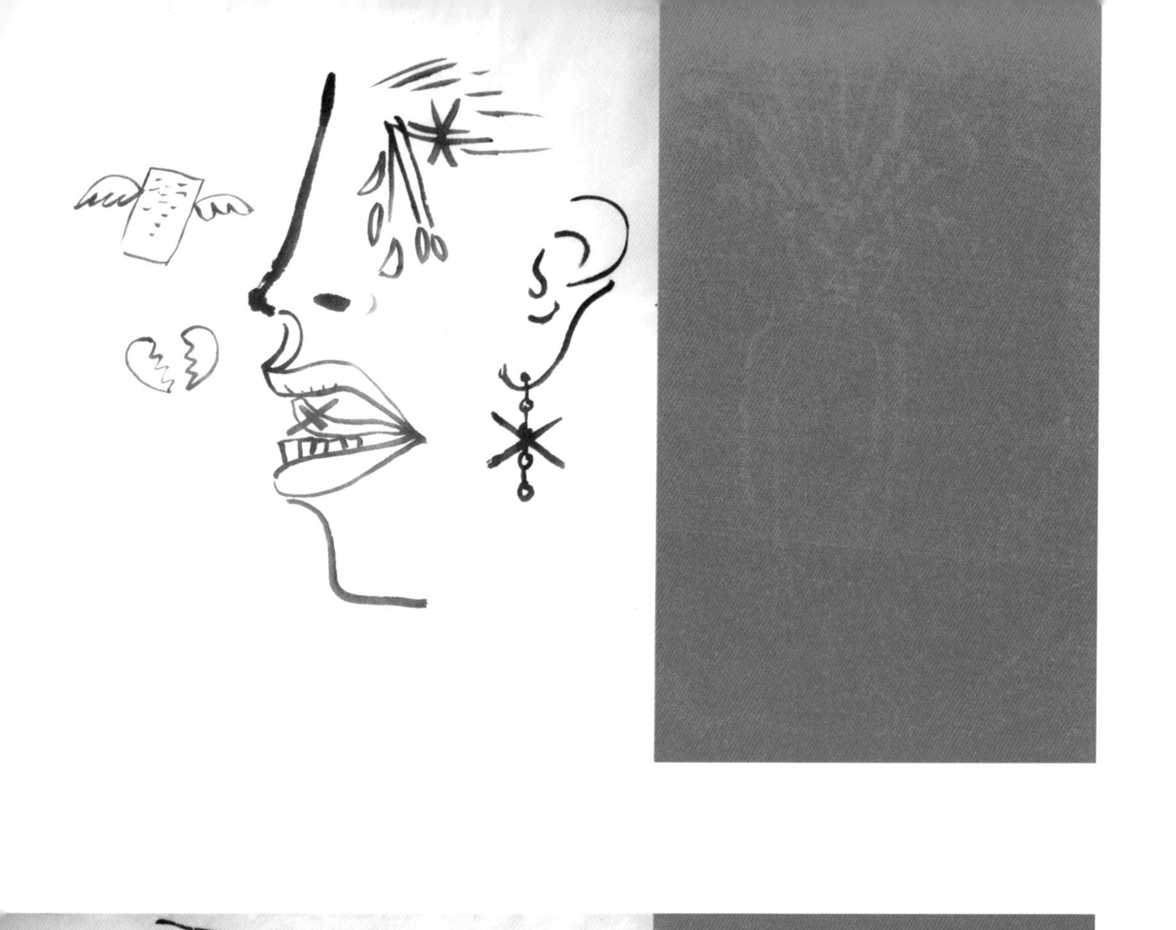

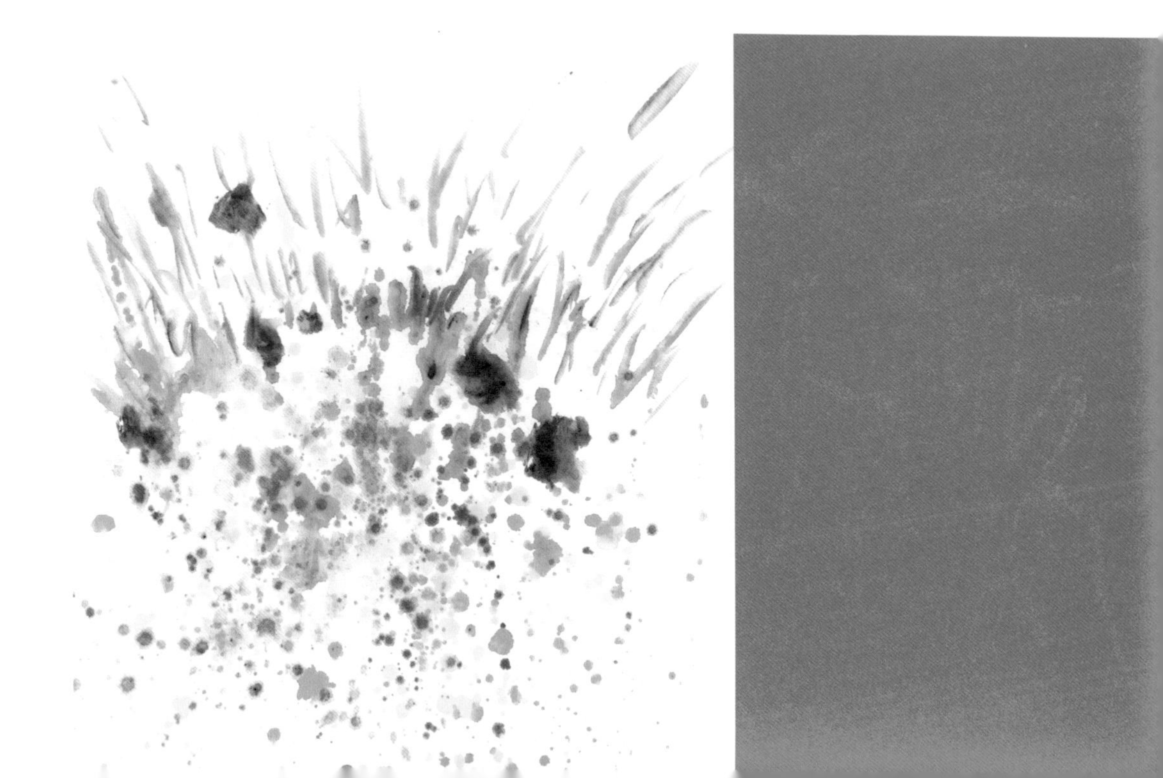

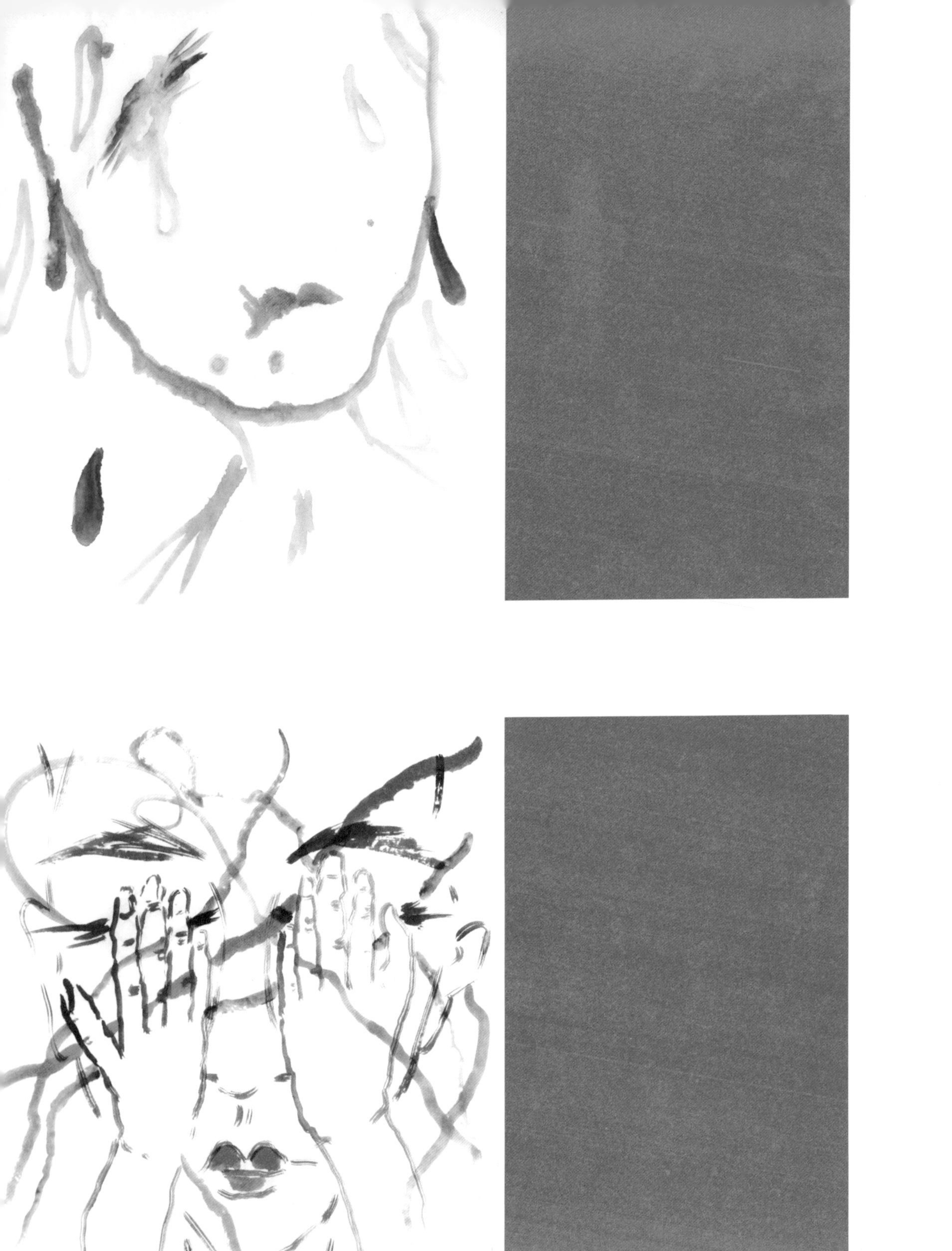

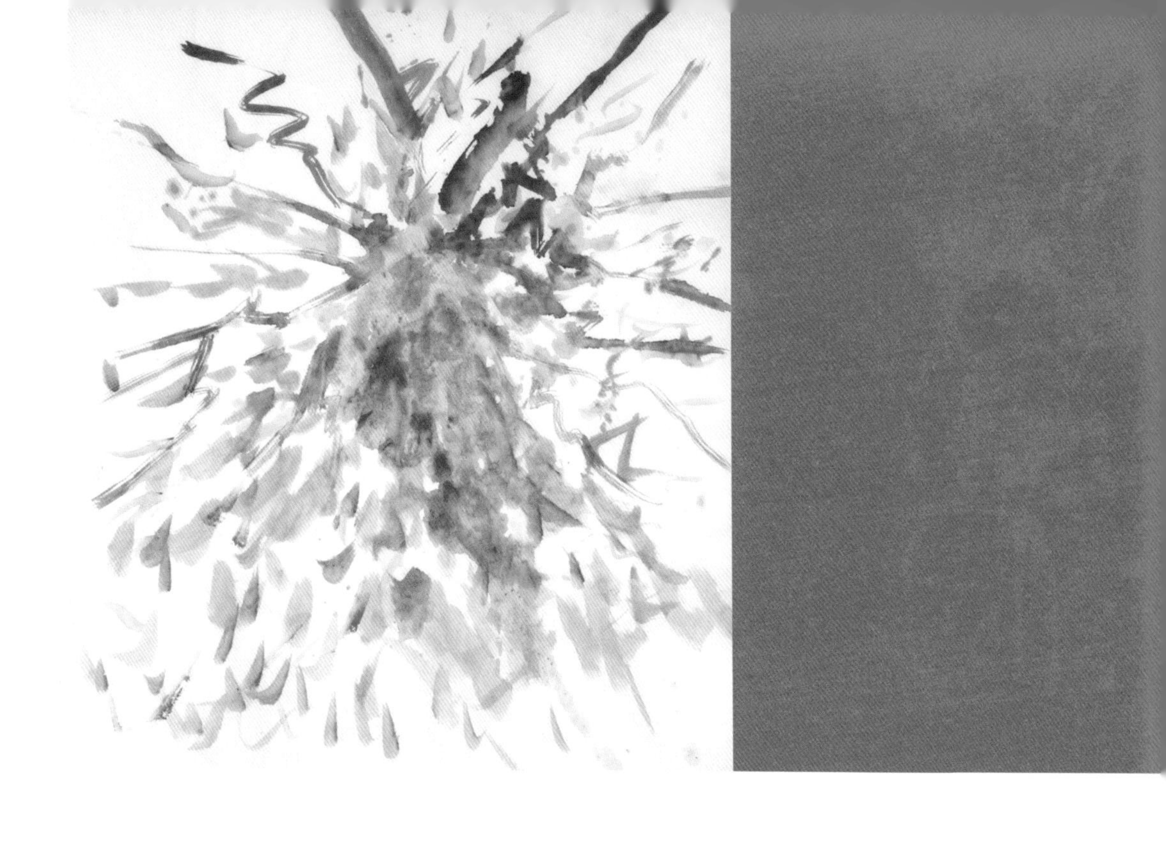

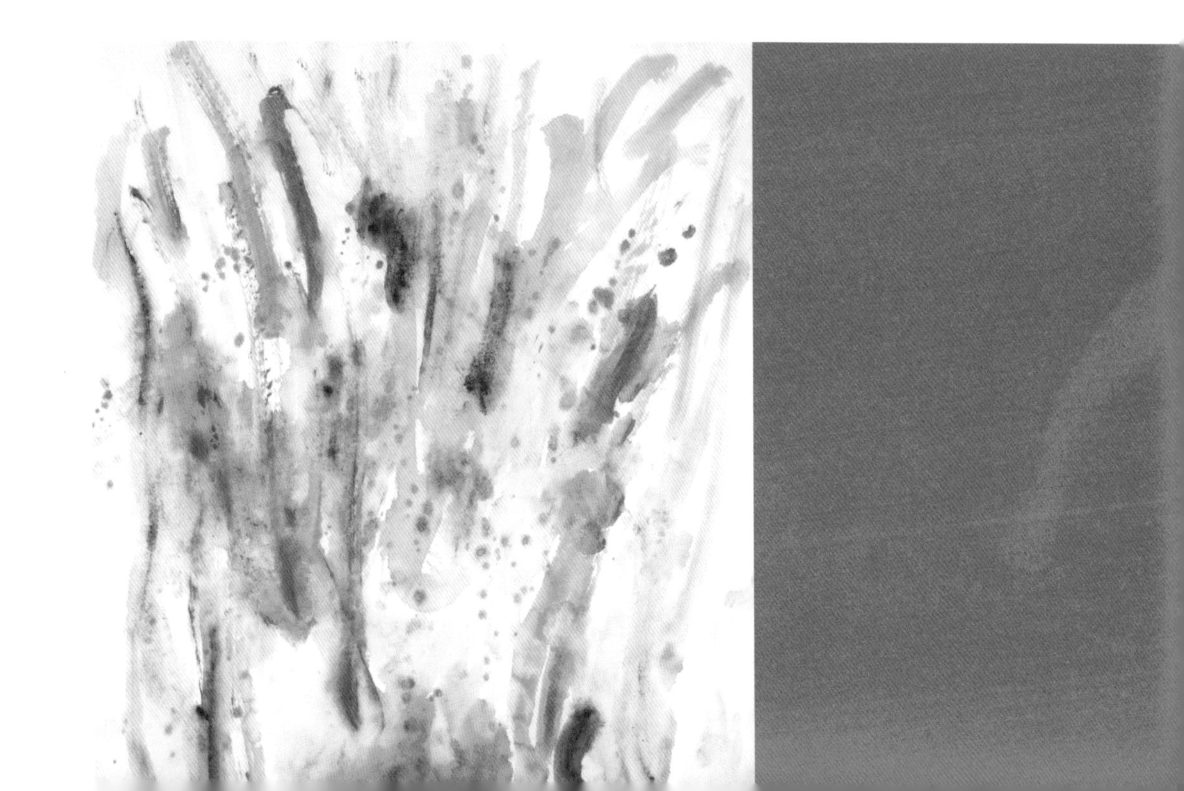

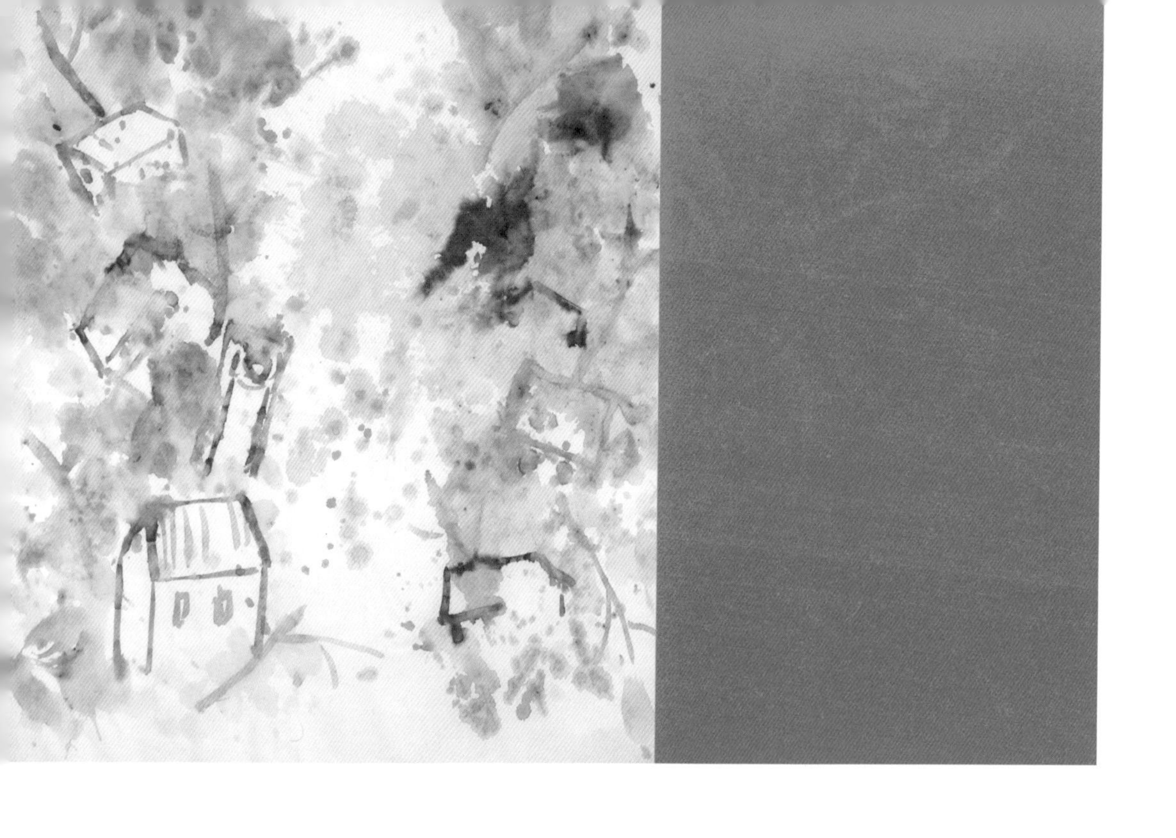

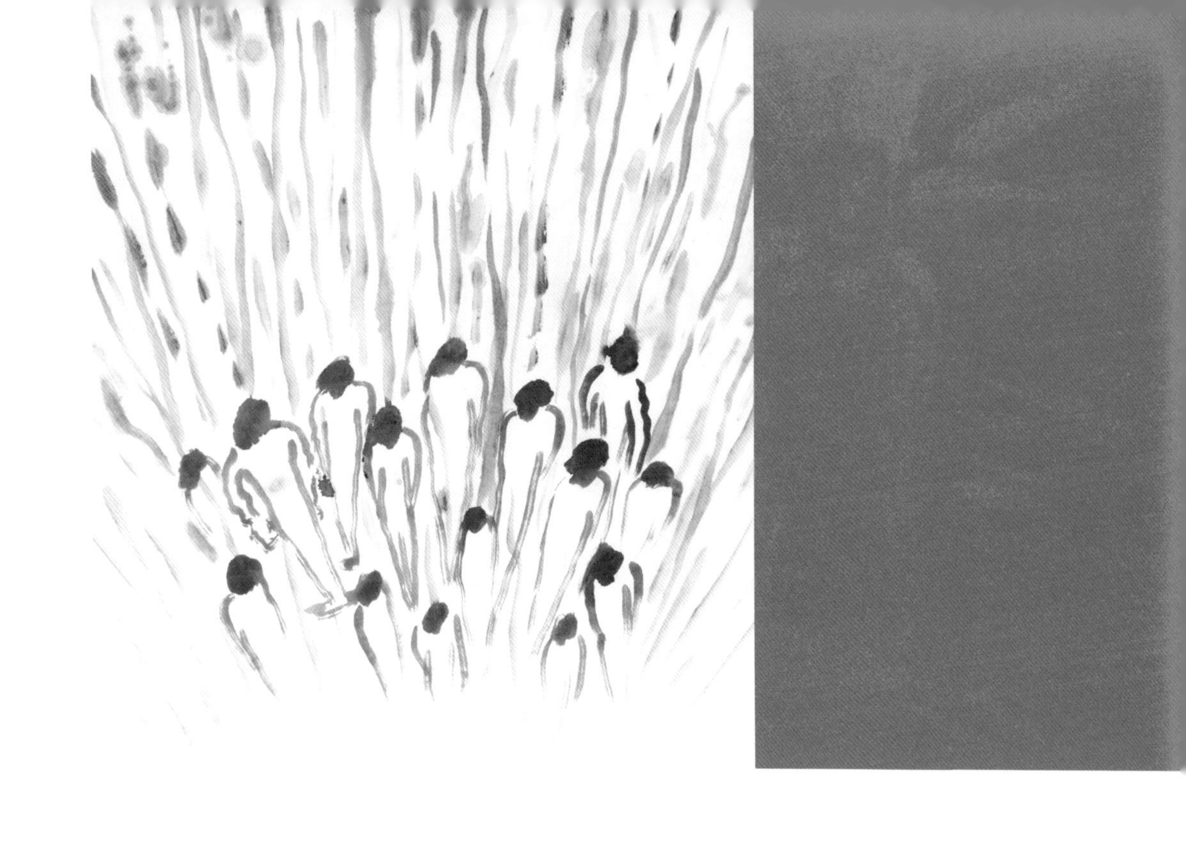

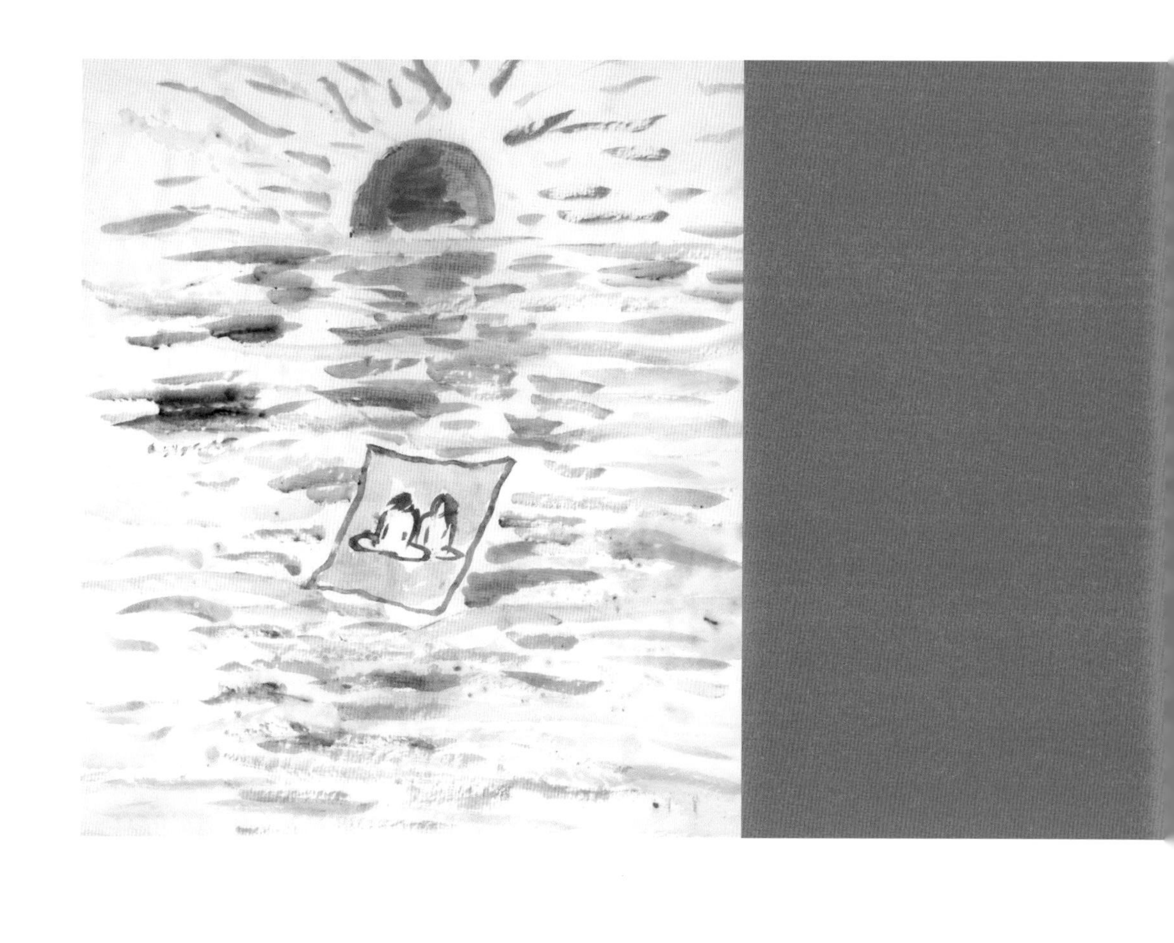